(Par l'abbé Le Fessier, d'après Barbier.)

RÉPONSE

A

TOUS MANDEMENS,

LETTRES PASTORALES,

BULLES, BREFS, &c.

TIRÉE DE L'ÉCRITURE SAINTE.

A PARIS,

Chez BOULARD, Imprimeur-Libraire, rue
Neuve-St.-Roch, N°. 51.

1791.

Plusieurs personnes nous ont dit que ces réflexions, fondées sur les faits, pourroient produire quelque bien dans les circonstances présentes. Nous nous en sommes donc rapportés plus à leurs lumières qu'aux nôtres, persuadés que leur indulgence ne peut égaler le desir que nous avons d'être utiles à nos concitoyens.

AUX FRANÇOIS.

SALUT ET BÉNÉDICTION.

MESSIEURS ET CHERS CONCITOYENS.

L'ASSEMBLÉE NATIONALE profondément pénétréé de l'esprit de charité & de fraternité universelles que l'Evangile enseigne à chaque page, & sur-tout de cette vérité consacrée par la Religion Chrétienne : que tout est égal devant Dieu & devant la Loi, a trouvé juste de rendre à l'Eglise Gallicane, c'est-à-dire, à l'Assemblée des Fidèles qui composent la Nation Françoise, le droit d'élire ses Pasteurs. Ce droit lui appartenoit incontestablement, selon les loix divines & selon les loix humaines. En effet, qui ne voit, en parcourant l'Evangile, même avec une

A

attention légère, que la Religion de J. C. est faite pour le Peuple, & par suite, que les Ministres de cette Religion sont faits pour lui, & non le Peuple pour les Ministres.

C'est dans ce sens que le Sauveur disoit aux Pharisiens : le Sabbat a été fait pour l'homme, & non l'homme pour le Sabbat (1). C'étoit aussi le sentiment de S. Paul, quand il enseigne que tout Pontife, étant pris d'entre les hommes (2), est établi pour les hommes, dans les choses qui regardent Dieu (*Note* I.), en offrant des dons & des sacrifices pour les péchés. Eh ! Messieurs, peut-on douter que tout ne soit réellement fait pour les hommes, quand on songe que le Fils de Dieu, Dieu lui-même s'est fait homme pour eux ?

Tout Peuple doit donc nommer les Ministres de sa Religion ; lui seul connoît les principes, les mœurs, la capacité de ceux qui sont en état de travailler dignement à son instruction ; lui seul a le droit de prononcer sur le mérite & l'incapacité des sujets qui aspirent à sa confiance. Ce droit imprescriptible est trop intéressant pour en négliger, pour en abandonner

____

(1). Marc. Ch. II, 27.   (Voyez Note I, à la fin)
(2) Ep. aux Héb. Ch. V, 1.

le foin à des gens qui, depuis long-temps, ne rempliffent l'Eglife que de Miniftres qui, bien loin d'être des exemples d'édification, n'ont été que, trop fouvent, des fujets de fcandale pour les Fidèles.

Ce principe inconteftable eft la bafe de la Conftitution civile du Clergé, décrétée par l'Affemblée Nationale & acceptée par le Roi: Conftitution que les Ariftocrates, c'eft-à-dire, les ennemis du Peuple & de la Religion, cherchent vainement à décrier ou à renverfer; comme fi le fonds fur lequel elle repofe ne la garantiffoit pas de toute atteinte.

Pour ne laiffer aucun doute fur ce principe, & prouver fans réplique que la Nation a le droit de choifir les Miniftres de fon culte; de leur tracer les limites au-delà defquelles, ils ne pourront s'étendre, & enfin de leur impofer une difcipline qui ne touche nullement aux dogmes, je ne combattrai l'Ariftocratie facerdotale, la plus incurable de toutes les Ariftocraties, qu'avec les armes que me fournira la règle qu'elle accufe l'Affemblée Nationale d'abandonner; je veux dire avec des autorités puifées dans l'Evangile, dans les Actes & les Lettres des Apôtres, dans les Conciles & dans les premiers Pères de l'Eglife. Ce genre de combat me paroît bien propre à calmer les consciences timorées, à détromper les personnes égarées par des sophismes, enfin à mettre dans tout son jour la sagesse & la pureté des intentions des Représentans de l'Empire François. J'insisterai particulièrement sur l'Evangile, parce que, comme le dit Tertullien, il ne nous est pas permis de rien inventer, ni même de rien chercher après l'Evangile ; & si nos adversaires qui n'ont garde de citer ce livre divin avec toute franchise, continuent à s'appuyer sur quelques décisions des tems modernes, ou sur les fausses Décrétales dont Saint-Bernard qui les croyoit vraies, recommandoit pourtant à Eugène III, d'user avec réserve, il faudra le dire à l'Eglise, & s'ils n'écoutent pas l'Eglise, qu'ils soient, à notre égard, comme des Payens & des Publicains (1), sans néanmoins les persécuter. St-Paul veut même qu'on ne les considère pas comme ennemis ; mais qu'on les avertisse comme frères (2).

J'ose espérer de plus, MM. & chers concitoyens, qu'à l'aide d'un petit nombre d'autorités prises au hasard, entre un grand nombre

---

(1). Matt. ch. XVIII. 15-17.　　(2) IIe. Ep. aux Thessal. ch. III, 15.

(5)

d'autres qu'il feroit facile de mettre fous vos
yeux , je vous montrerai quelles ont été la
vocation , la miffion , l'inftitution des premiers
Apôtres de l'Evangile & ce que c'eft que la
Confirmation, prétendue par les Evêques de
Rome , leur primauté & la circonfcription
eccléfiaftique.

Mais avant d'entrer en matière , je dois
répondre à deux objections fur lefquelles je
vois que l'on revient fans ceffe. L'une qu'il
étoit inutile, qu'il étoit même dangereux de
tout détruire , qu'on pouvoit corriger les abus.
Fort bien : mais J. C. ne dit-il pas (1) ; perfonne ne met une pièce de drap neuf à un
vieux vêtement ; autrement le neuf emporte-
roit une partie du vieux & le déchireroit encore davantage ; & l'autre objection : que la
Conftitution civile du Clergé, pour être bonne ,
ne pouvoit être faite que par le Clergé , c'eft-
à-dire , qu'on auroit voulu un Concile ; mais
Saint-Grégoire de Naziance le père , Evêque
de Conftantinople , ne difoit-il pas que jamais
Affemblée épifcopale n'avoit abouti qu'à augmenter les diffentions. En effet , convoquer une
Affemblée de Prêtres , pour réformer les Pré-

____

(1) Matt. ch. I x , 16.

tres ! ce feroit faire une Affemblée de Finan-
ciers, de Banquiers, pour couper bras & jambes
à la Finance, à l'agiotage. Il falloit donc réformer tout, puifque tout étoit abus ; puifque,
loin de parvenir à ce but falutaire, les quatre
derniers Conciles généraux affemblés pour réformer l'Eglife dans fon Chef & dans fes Membres, ne firent guère que rendre la réformation
plus néceffaire ; fi l'on excepte 135 articles de
foi, inconnus auparavant & donnés par celui de
Trente. Quelle différence des quatre premiers
Conciles Généraux, fi purs aux yeux de Saint-
Auguftin, qu'il les met au rang des quatre
Evangiles. Maintenant j'entre en matière.

Les Evangéliftes rapportent d'une manière
inconteflable (1) que la convocation des foi-
xante-douze Difciples ne diffère en rien de
celle des douze Apôtres ; que leur miffion eft
exactement la même ; que J. C. leur donne les
mêmes pouvoirs, les mêmes ordres, les mêmes
confeils, tantôt à chacun féparément, tantôt à
tous enfemble ; qu'il les inftitue également, en
les béniffant tous, avant de fe féparer d'eux, & de
monter au Ciel (2) ; qu'il furent tous indiftinctement remplis du Saint-Efprit, au moment où
ils virent paroître, comme des langues de feu

____

(1) Matt. & Luc, ch. X. 1.   (2) Luc, ch. XXIV. 50.

qui s'arrêtèrent sur chacun d'eux (1); allez donc,
leur avoit-il dit (2), dans tout le monde; inf-
truifez tous les Peuples, les baptifant au nom
du Père, du Fils & du Saint-Efprit (II), &
leur apprenant à obferver toutes les chofes que
je vous ai commandées. Leur miffion n'eft nullement circonfcrite pour chacun en particulier.
Ils font envoyés en chaque ville, en chaque
bourg, par tout l'Univers. En conféquence nous
voyons les premiers Difciples fe réunir plufieurs, fe féparer, fe réunir encore, marcher
un à un, deux à deux, pour annoncer l'Evangile
aux Nations. Cependant il leur avoit défendu
d'abord d'aller vers les Gentils & d'entrer dans
les villes des Samaritains, (3) : allez plutôt,
leur dit-il, vers les brebis perdues de la maifon,
d'Ifraël.

Mais le Divin Légiflateur leur avoit formellement ordonné de ne point réfifter aux habitans des villes qui refuferoient de les recevoir. Auffi reprit-il un jour, très-féverement,
Jacques & Jean qui vouloient faire defcendre le
feu du ciel fur la ville des Samaritains, parce
qu'on n'avoit pas voulu les y recevoir (4) : vous

---

(1) Act. ch. II. 3 & 4.　　(3) Matt. ch. X. 5. 6.
(2) Marc, ch. XVI. 15. &　(4) Luc, ch. IX. 54.
Matt. ch XXVIII 20.　　(Note II. à la fin).

ne favez pas quel efprit vous pouffe (*note* III).
Je ne fuis pas venu pour perdre les hommes ,
mais pour les fauver. Si l'on vous perfécute dans
une Ville , fuyez dans une autre (1). Il défend
toute violence , & même avec menace & févérité. Simon Pierre (2) , avoit frappé de l'épée
un de ceux qui étoient venus pour prendre
Jéfus (note IV) ; mais Jéfus lui dit : Re-
mettez votre épée dans le fourreau ; car tout
ceux qui prendront l'épée , périront par
l'épée..... Ne vous vengez point vous-mêmes.
C'eft à moi que la vengeance eft réfervée ; c'eft
moi qui la ferai , dit le Seigneur (3). En toute
occafion , J. C. n'a ceffé de donner l'exemple
de la plus grande liberté en fait de religion.
Ne penfez pas que je fois venu détruire la Loi
ou les Prophétes : Je ne fuis pas venu les détruire, mais les accomplir (4). Saint Jean lui
dénonce-t-il un homme qui chaffe les démons
en fon nom , ajoutant qu'ils l'en ont empê-
ché , parce qu'il n'étoit pas de leur compagnie :
Laiffez-le faire , leur dit-il , celui qui n'eft pas
contre vous , eft pour vous (5). Que fi quel-

---

(1) Matt. ch. X. 23.   (4) Matt. ch. V. 17.

(2) Jean, ch. XVIII. 10.   (5) Luc, ch. IX. 50.

(3) Ep. aux Rom. ch. XII.   (Notes III & IV à la fin):

*9.

qu'un , ajoute Jéfus-Chrift , après avoir entendu mes paroles , ne les garde pas , je ne le juge point : car je ne fuis pas venu pour juger le monde , mais pour le fauver (1). Ne jugez point , afin que vous ne foyez pas jugés. ... Pourquoi voyez – vous une paille dans l'œil de votre frère , vous qui ne voyez pas une poutre dans votre œil (2) ? Quels préceptes fublimes ! Pourquoi donc des Conciles , des Papes , des Prêtres inftruits , les Jéfuites autrefois , le Clergé de Rome , ont-ils défendu aux laïcs d'avoir la Bible chez eux , & aux fidèles de lire le Nouveau-Teftament en langue vulgaire ? Sans doute , ils vouloient leur crêver les yeux , pour qu'ils ne fe pénétraffent pas des maximes de paix , de douceur & d'humanité que refpire ce livre divin. Mais vous , Meffieurs , ouvrez ce livre , lifez , & la vérité brillera dans tout fon jour , en examinant toute chofe , & retenant ce qui eft bon , comme S. Paul nous le confeille (3).

Ce grand Apôtre ne paffe pas pour avoir manqué de vigueur ; cependant, voyez comme il s'exprime (4) : Si celui qui vient vers vous ,

---

(1) Jean , ch. XII. 47.
(2) Matt. ch. VII. 1 , 3.
(3) I. Ep. aux Theff. ch. V. 21.
(4) II Ep. aux Cor. ch. XI. 4.

vous annonce un autre Christ que celui que nous vous avons prêché, vous fait recevoir un autre esprit que celui que vous avez reçu, ou un autre Evangile que celui qui vous a été annoncé, vous le souffririez avec raison ; car ce n'est point notre coutume de contester, ni celle de l'Eglise de Dieu (1). Il est vrai qu'on peut opposer à ces paroles de paix, un autre passage du même Apôtre (2), où il dit anathême à quiconque annonceroit un autre Evangile, fût-ce nous-mêmes, dit-il, fût-ce un Ange descendu du Ciel : mais un véritable Chrétien, pénétré de l'esprit de J. C. & nourri des maximes évangéliques, ne doit pas balancer entre la douceur & la sévérité, entre la paix & la guerre, d'autant mieux que ce même Apôtre a poussé la charité au point de souhaiter d'être anathême ou separé de J. C. pour sauver les Israélites (3); & qu'il veut qu'on fasse du bien à son ennemi, afin d'accumuler des charbons de feu sur sa tête (4).

Cependant, si le Chef, si quelques Ministres d'une Religion sainte qui ne recommande qu'amour & charité, embrassant le cru-

---

(1) I. Ep. aux Cor. ch. XI.
(2) Ep. aux Gal. ch. I 8 & 9.
(3) Ep. aux Rom. ch. IX. 3.
(4) Idem. ch. XII. 20.

cifix, parvenoient encore, contre toute appa-
rence dans ce siècle de lumière, à séduire, à
armer peut-être les foibles & les ignorans, les
fidèles n'auro ent-ils donc que le droit de leur
dire avec Saint-Augustin : Si voulant conserver
l'épiscopat, vous disperfez le troupeau de J. C.
comment la perte du troupeau feroit-elle l'honneur du Pafteur ? Ah ! fans doute, il leur ref-
teroit encore d'autres moyens dont je me plais
à écarter l'idée.

Il feroit aifé, MM. & chers concitoyens, de
citer un grand nombre d'exemples à l'appui
de ces vérités ; mais il fuffira de dire au fujet de
la circonfcription des Evêchés & des Paroiffes,
que, fi depuis les beaux jours du Chriftianifme, l'Eglife ou l'Affemblée des fidèles, ou
chaque peuple chrétien, en a fait un article de
difcipline que des Prêtres ambitieux affectent
encore de confondre avec le dogme, cette
même Affemblée des fidèles peut, doit même
la changer de nouveau, felon les tems, les cir-
conftances & pour un meilleur ordre de chofes.
Il eft impoffible de contefter ce droit reconnu
par le dix-feptième Canon du Concile général de
Calcédoine en 451, où je lis ces mots: fi l'Empereur change l'état d'une ville par fon autorité,
l'ordre des Paroiffes fuivra le gouvernement

civil. Il eſt également reconnu par un Concile de l'Egliſe grecque, où il eſt dit, que l'Empereur a le droit de fixer les limites des provinces
eccléſiaſtiques, de retirer à quelques-unes leurs
priviléges, de conférer à des Villes l'honneur
de Métropole & de nommer les Evêques. Et
la raiſon, MM. & chers Concitoyens, ne dit-
elle pas que le Souverain ne peut dans aucun
cas, perdre la ſouveraineté, et que, ſi quelquefois il permet à d'autres d'en faire des actes,
il peut toujours la reprendre. C'eſt pour cela
que nos Rois, lors même qu'ils dormoient sur
le trône, ont usé de ce droit impreſcriptible.

J'ai déjà dit que l'Egliſe (*) eſt l'aſſem-
blée des fidèles, ou le peuple chrétien pris collectivement : mais je le répète, parce qu'il eſt
eſſentiel de proſcrire enfin la doctrine de ceux
qui ſoutiennent encore que les ſeuls Miniſtres
de la Religion compoſent l'Egliſe, et qu'à eux

___

(*) Les partiſans de Rome ſont dans l'uſage de dire : Egliſe
Catholique, Apoſtolique & Romaine ; mais le Symbole des Apôtres, dit-il autre choſe que Catholique, & celui de Nicée, que
Catholique & Apoſtolique ? Qu'ils nous montrent donc le Symbole
où elle eſt appelée Romaine ! Sans quoi nous les renverrons aux
prières de chaque jour. Il n'eſt peut-être pas inutile de rappeler
que le Symbole des Apôtres étoit le mot du guet, le ſigne carac-
tériſtique auquel les membres de la Société chrétienne ſe recon-
noiſſoient dans les premiers ſiècles de l'Egliſe.

feuls appartient le choix des fujets deftinés à remplir les fonctions du facerdoce. C'est une erreur enfantée par l'ambition (n. V), propagée à la faveur de l'ignorance, et détruite par l'Evangile. Les Prêtres ou Ministres du Culte, ne font, ftrictement parlant et d'après l'Ecriture fainte, que les serviteurs du peuple chrétien; et, dans ce fens, l'Eglife eft dans l'Etat, et non l'Etat dans l'Eglife. Saint Paul ne veut même pas (1) que les fidèles fe difent les uns à Paul, les autres à Apollon; car tout eft à vous, dit-il, foit Paul, foit Apollon, foit Céphas.

Dès le tems des Apôtres, la collection des Miniftres de la Religion fut nommée *Clergé*, par la raison même que tous les membres en étoient choifis par le fort. On ne choififfoit pour être tirés au fort, que les vieillards les plus recommandables par leur prudence et par leur fageffe. C'eft du mot vieillard que vient celui de prêtre.

Avant de paffer, Meffieurs, au droit d'élection, permettez-moi une réflexion bien fimple, & cependant bien importante, au fujet des deux puiffances, temporelle et fpirituelle; ce fyftême

---

(Note V à la fin).   (1) I. Ep. aux Cor. ch. III. 4, 22.

abfurde, qui a fi fouvent enfanglanté le monde chrétien. Cette diftinction s'introduifit naturellement chez un peuple, dont une partie, en recevant l'Evangile, fe crut toute fpirituelle; tandis que l'autre, demeurant attachée au paganifme, fut regardée comme mondaine. La première fe fit, tant au civil qu'au moral, des Loix oppofées aux Loix de la partie payenne. C'étoit une fuite néceffaire du changement qui s'opéroit. Mais dès que le peuple entier, où la très-grande majorité de ce peuple, eut embraffé le Chriftianifme, que ce ne fut plus qu'un peuple de fidèles, toute diftinction devoit difparoître, puifqu'elle n'exiftoit même pas relativement à la partie chrétienne, qui, ne formant qu'une puiffance fimple et unique, ne pouvoit avoir deux poids et deux mefures. Cependant, pourquoi cette fatale diftinction s'eft-elle confervée chez tous les peuples chrétiens? Parce que l'intérêt politique des Prêtres, qui fe font toujours identifiés avec la Divinité, & que l'égoïfme du Corps facerdotal qui, depuis des fiècles, prétend former l'Eglife à lui feul, font les maladies les plus invétérées et les plus incurables du cœur humain.

Maintenant, Meffieurs et chers concitoyens, prouvons a nos frères le droit qu'ils ont à toute espèce d'élection dans l'Eglise , dont chacun de nous est membre : vérité que vous ne devez jamais perdre de vue.

Lorsqu'immédiatement après l'Ascension, S. Pierre proposa de donner un successeur au traître Judas, qui avoit été appelé aux fonctions de l'Apostolat, et contre lequel il prévariqua, pour s'en aller en son lieu, les fidèles réunis aux Disciples & aux Apôtres (1) présentèrent à l'assemblée Joseph & Matthias, qui possédoient les qualités demandées pour être éligibles. Les électeurs, au nombre de cent vingt, se mirent en prières comme nous faisons aujourd'hui, reçurent les sorts (tout ce qui servoit à tirer au sort), & le sort tomba sur le dernier, qui, sans autre formalité, fut associé aux onze Apôtres. Il est vraisemblable que S. Jacques le Mineur fut élu de la même manière, premier Evêque de Jérusalem, quoique des Auteurs disent qu'il fut choisi par les seuls Apôtres. Celui des récognitions, attribué à S. Clément, dit qu'il fut ordonné par J. C. lui-même ; celui des constitutions apostoliques joint à J. C. le concours des Apôtres. Saint Epiphane le regarde comme le premier qui ait été fait Evêque par J. C., qui l'établit, dit-il, son succeffeur dans l'Eglife de Jéru-falem (VI), dont lui-même avoit été le Fondateur & le Docteur. Sur ce pied-là, Meffieurs, que penfer des prétentions de Rome ?

Mais, abandonnant tout ce qui ne porte pas le caractère de l'évidence, paffons, Meffieurs et chers concitoyens, à des faits que perfonne ne révoque en doute, parce qu'ils font confignés dans la Loi.

Les Apôtres difent aux Fidèles (1) : choififfez d'entre vous fept hommes d'une probité reconnue, pleins de fageffe et de l'Efprit faint. *Ces paroles plurent à la multitude*; & auffi-tôt ils en choifirent fept, les préfentèrent devant les Apôtres, qui leur imposèrent les mains en priant. Voilà, Meffieurs, les fept Diacres. A cela feul fe bornoient toutes les formalités de la primitive Eglife.

Lorfque Dieu réfolut d'envoyer Paul & Barnabé (2) vers les Nations, il eft dit fimplement qu'ils reçurent l'impofition des mains de la part des Prophètes & des Docteurs, (ils étoient eux - mêmes du nombre) de l'Eglife

______

(Note VI à la fin).
(Act. ch. VI. 3.

(2) Act. ch. XIII

d'Antiocha

d'Antioche. Il n'eft queftion, dans ce paffage, ni d'Evêque ou furveillant, ni de Prêtre ou ancien, ni de S. Pierre, ni même d'Apôtres. Obfervons de plus que fur la fimple préfentation de Barnabé (1) qui n'avoit pas encore reçu cette impofition, Paul avoit été d'abord admis dans la compagnie des Apôtres, qui lui donnèrent la main à lui & à Barnabé (2) en figne d'union & de fociété.

Timothée ne tenoit certainement fa miffion que de S. Paul : mais ce qui mérite d'être obfervé, c'eft que, s'il lui recommande (3) de ne pas négliger la grace qui lui a été donnée par l'impofition des mains des Prêtres, il l'exhorte auffi (4) à ranimer la grace de Dieu, que vous avez reçue, lui dit-il, par l'impofition de mes mains.

Tite, autre difciple chéri de Paul, reçut de cet Apôtre feul l'ordre d'établir des Prêtres dans les villes de Crète (5), en choififfant celui qui eft irréprochable. Car, ajoute-t-il, après l'énumération des qualités que doit avoir un *Prêtre*, il faut qu'un *Evêque*, étant le dif-

---

(1) Act. ch. IX. 17.   (4) II. Ep. à Tim. ch. I. 6,
(2) Ep. aux Gal. ch. II. 9.   (5) Ep. à Tite, ch. I. 5, 6, 7.
(3) I. Ep. à Tim. ch. IV. 14.

penfateur & l'économe de Dieu , foit irréprochable. Ce qui prouve , fans réplique , que ,
fuivant S. Paul , Prêtres & Evêques font des
mots parfaitement fynonymes. C'eft auffi le fentiment de S. Jérôme (1) , lorfqu'il dit : Que
fait l'Evêque de plus que le Prêtre , fi ce n'eft
qu'il confère le facerdoce par l'ordination. Cette
diftinction qui s'établit entre les membres égaux
du Clergé primitif , fe fit naturellement. L'E-
vêque ou Prêtre furveillant & infpecteur , vi-
fitoit les Villes , les Bourgs & les campagnes ;
il étoit donc à portée d'établir des Prêtres ou
il en manquoit , après leur avoir impofé les
mains , en priant.

Il eft de toute certitude que les Apôtres &
les Difciples étoient indépendans les uns des
autres , comme on le voit par l'Hiftoire de la
primitive Églife. Ils établiffoient , fans fe con-
fulter , dans les lieux qui en avoient befoin ,
des vieillards , des anciens , c'eft-à-dire , dès
Prêtres ou Evêques : car , felon le témoignage
pofitif de S. Chryfoftôme , ces titres fe don-
noient indiftinctement aux Miniftres de la Religion. Chaque ancien avoit donc tout pouvoir pour conduire fon troupeau , parce que

____

(1) A la fin du quatrième fiècle.

c'eſt de Dieu qu'il le tenoit , comme s'exprimoit S. Paul , en parlant aux Prêtres de l'Egliſe
d'Ephèſe : Prenez garde à vous (1) & à tout
le troupeau ſur lequel le Saint-Eſprit vous a
établis Evêques pour gouverner l'Egliſe de
Dieu. (VII).

C'eſt d'après ce principe que S. Cyprien ,
plus près de la ſource en 251, ſoutenoit que
tout Evêque eſt libre de faire ce qui lui plaît ,
& qu'il n'a pas plus le droit de juger ſon confrère , que celui - ci ne l'a de le condamner.
Auſſi ce Père de l'Egliſe ne donne jamais
d'autre titre à l'Evêque de Rome que celui de
confrère , ſoit qu'il parle de lui , ſoit qu'il lui
écrive. Il ajoute dans un autre endroit : Quelque part que l'on ſoit Evêque , à Rome ou à
Eugubie , a Conſtantinople ou à Reggio, chaque
Evêque a le même mérite & le même ſacer-
doce ; ils ſont tous ſucceſſeurs des Apôtres.
L'Epiſcopat eſt un , dit-il ailleurs ; chaque Evêque en tient une partie ſolidairement. Cet Evêque de Carthage, qui voyoit une égalité parfaite
entre tous les Miniſtres, n'auroit donc pas
approuvé ce que le Concile de Trente a dé-
crété : que tous les Evêques ne ſont, quant à

---

(1) Act. ch. XX. 17, 28.   (La note VII à la fin).

B 2

la jurisdiction , que les délégués du Pape ; mais ce Concile n'a jamais été reçu en France.

En 325 , le Concile de Nicée , sixième Canon , veut qu'on observe l'ancienne Coutume , qui donne pouvoir à l'Evêque d'Alexandrie sur ses Provinces , parce que l'Evêque de Rome a une pareille jurisdiction sur les Provinces suburbicaires (VIII).

Quoique nous soyons un grand nombre de Pasteurs , dit S. Augustin , cependant nous ne faisons paître que le même troupeau , & nous devons rassembler & défendre toutes les brebis que le Christ a gagnées pas son sang.

Ces vérités sont conformes à l'Ecriture sainte. Jésus-Christ , qui est venu pour servir & non pour être servi ; qui n'avoit pas où reposer sa tête ; qui fut obligé de faire un miracle éclatant pour payer le tribut à qui il appartenoit (1) : Jésus - Christ qui dit humblement que Jean - Baptiste est le plus grand de tous ceux qui sont nés de femmes (2) ; qui dit que son Royaume n'est pas de ce monde ; qui n'est point venu juger les hommes , comme il l'assure aux deux frères qui désiroient le prendre

____

(La note VIII à la fin).   (2) Math. ch. XI. 11.
(1) Math. ch. XVII. 24.

pour arbitre (1) ; Jéfus-Chrift qui difoit : Soyez
donc pleins de miféricorde, comme votre Père
eſt plein de miféricorde (2) ; lui qui fait pleu-
voir fur les juſtes & fur les injuſtes, & fait
lever fon foleil fur les bons & fur les mé-
chans (3) ; lui qui ne veut ni difputer ni crier,
ni qu'on entende fa voix dans les rues , ni
brifer le rofeau à demi-caſſé , ni éteindre la
mêche qui fume encore (4) ; J. C. qui pouſſa l'indulgence jufqu'à donner fon précieux corps & fon
précieux fang au traître Judas (5) ; J. C. , dis-je ,
l'ami des petits , des humbles & des pauvres ,
n'eut jamais l'intention d'établir de primauté
formelle parmi fes Apôtres : on voit , au con-
traire , qu'il interdit fans ceſſe tout empire ,
toute domination entr'eux. Il veut non-feule-
ment que fes Difciples , mais encore que tous
ceux qui doivent croire en lui , *foient un* ,
comme il eſt un avec fon Père (6). En vain
ils le preſſent , à pluſieurs reprifes , de leur
dire quel étoit le plus grand (7) ; toujours il
les reprend avec févérité. Lorfque la mère des

____

(1) Luc , ch. XII. 13.

(2) Luc , c. VI. 36.

(3) Math. ch. V. 45.

(4) Math. ch. XII. 19.

(5) Luc , ch. XXII. 21.

(6) Jean , ch. XVII.

(7) Luc , ch. XXII. 24.

enfans de Zébédée vint lui demander une place de diſtinction pour ſes deux fils, Jacques & Jean (1), propoſition dont les dix autres furent indignés, & que S. Marc dit que les deux frères firent eux-mêmes, Jéſus les appela, & leur dit : Que celui qui voudra devenir le plus grand parmi vous, ſoit votre ſerviteur ; & que celui qui voudra être le premier, ſoit votre eſclave. Il ajoute formellement qu'il n'y aura qu'un troupeau & un berger, & ce berger, c'eſt lui-même (2) ; il eſt la porte par laquelle entrent les brebis.

C'eſt pourtant ſur un de ces paſſages que la politique italienne a fait prendre à l'Evêque de Rome le titre de ſerviteur des ſerviteurs (3). Mais qui ne voit combien c'eſt abuſer indignement d'un précepte par lequel J. C. ordonne l'humilité, que de le transformer en un titre d'orgueil & de tyrannie ?

L'abus que l'on a fait de ces autres paroles : Tu es Pierre, & ſur cette pierre je bâtirai mon Egliſe (4), n'eſt pas moins étrange. On en a fait la baſe de la primauté du Pape (IX),

---

(1) Math. ch. XX. 21. Marc, ch. X. 35.

(2) Jean, ch. X. 16.

(3) Marc, ch. X. 43.

(4) Math. c. XVI. 18.

(Note IX à la fin).

que l'on nous donne comme un article de foi,
fans fonger que, felon le Concile de Trente
même, où, comme on l'obfervoit dans le tems,
on envoyoit régulièrement de Rome le Saint-
Efprit dans une valife ; felon, dis-je, ce Concile, le confentement unanime de l'Eglife eft
néceffaire pour établir un pareil article ; mais
il s'en faut bien que la prétention de Rome ait
cette condition, puifque, felon M. Delaunoy,
dix-fept Docteurs croient par ces paroles, que
l'Eglife eft bâtie fur S. Pierre ; que huit difent
que c'eft fur les autres Apôtres également ; que
quarante-quatre entendent par la pierre, la foi
dont Simon venoit de faire profeffion, & qu'enfin, feize enfeignent que cette pierre eft Jéfus-
Chrift lui-même, qui s'eft déclaré la pierre an-
gulaire de l'édifice (1), & que tous les difciples
regardoient comme tel.

Au refte, que nous démontre la faine cri-
tique au fujet de ce fameux paffage ? Le voici :
C'eft une note marginale qui, par la fuite, a
paffé dans le texte. Saint Matthieu qui, dit-on,
a écrit en Hébreu, mais dont le manufcrit ne
s'eft jamais retrouvé, eft le feul Evangélifte
qui faffe mention de ce jeu de mot (X).

---

(1) Math. ch. XXI. 42.   (Note X à la fin).

(24)

En effet, *petrus* ne fignifie rien en latin ;
au-lieu que *petra* veut dire un rocher. En Grec,
petros veut dire une pierre, *lapis* ; tandis que,
dans la même langue, *petra* fignifie auffi un
rocher. *Kiph* ou *Kipha*, prononcé *Képha*, ne
veut point dire en Hébreu une pierre en particulier, mais une roche. Au refte, ce qui
tranche toute difficulté, c'eft que le mot propre
Hébreu dont fe fervent le Pfalmifte & le Pro-
phête Ifaïe, cités par S. Matthieu, eft le ra-
dical *Abn* prononcé *Eben*, *lapis*, pierre qui
ne peut fe prêter à cette allufion grecque ; &
que le mot *Eben* ne reffemble nullement à *Céphas*. Jugez par-là, MM. & chers concitoyens,
du cas que l'on doit faire d'un titre appuyé fur
une pareille chimère ; & dites – moi comment
vous traiteriez l'imprudent qui, muni d'un titre
femblable, prétendroit vous enlever vos pro-
priétés ?

Les partifans de Rome fondent encore fur
un autre titre la primauté de l'Evêque de cette
Ville ; ils difent que Simon fut le premier Difciple, parce qu'effectivement il eft nommé le
premier dans la narration de S. Matthieu & de
de S. Marc, ainfi que dans S. Luc (1) qui

____

(1) Luc, c. V. 6.

(25)

attribue la vocation de Simon & d'André fon
frère, à une pêche miraculeufe que Jéfus-Chrift
leur fit faire ; mais S. Jean raconte, au con-
traire (1), qu'André, difciple de Jean-Bap-
tifte, eft le premier qui ait fuivi Jéfus-Chrift,
avec un autre qu'il ne nomme pas ; & que ce
même André, ayant rencontré Simon fon frère,
& lui ayant dit : *Nous avons trouvé le Meffie ;
il l'amena à Jéfus.*

Cependant, Meffieurs, il faut convenir que
fi ces paroles, *tu es Pierre*, quand on les fup-
poferoit réellement de J. C. , avoient de quoi
flatter l'Apôtre de ce nom, le Sauveur en dé-
truifit l'effet, ou du moins ne lui laiffa pas le
tems de s'en énorgueillir, puifqu'au même inf-
tant, quatre verfets plus bas (2), il l'apoftrophe
de cette manière : « Retirez-vous de moi, Satan,
» vous m'êtes un fujet de fcandale, parce que
» vous n'avez point de goût pour les chofes de
» Dieu, mais pour les chofes de la terre ». Ce
goût, comme l'on fait, ne s'eft pas médiocre-
ment développé chez fes *prétendus* fucceffeurs,
les Evêques de Rome (XI).

Quoi qu'il en foit, MM. & chers conci-

____

(1) Jean, c. I. 40.   (2) Math. c. XVI. 23.
(Note XI à la fin).

toyens , comme la chimère de la primauté du
Pape eft profondément enracinée , il n'eft pas
inutile de rapporter encore quelques nouveaux
paſſages , afin de l'anéantir fans retour. Saint
Paul , l'Apôtre des Nations , le véritable fondateur du Chriſtianiſme , croyoit ſi peu à cette
primauté de Céphas , qu'il ſe glorifie (1) de
lui avoir réſiſté en face , parce qu'il étoit ré-
préhenſible. En effet , il mangeoit avec les Gentils d'Antioche , avant l'arrivée de quelques per-
ſonnes qui vinrent de la part de Jacques ; mais
à cette arrivée , Pierre ſe ſépara de Paul & des
Gentils , craignant de ſcandaliſer les circoncis.
Alors Paul , voyant qu'il ne marchoit pas ſelon
l'Evangile (XII), il lui dit devant tout le monde :
Si vous , qui êtes Juif , vivez comme les Gentils & non comme les Juifs , comment con-
traignez-vous les Gentils à Judaïſer , (XIII) ?
Ce ſont , Meſſieurs , les propres termes de
S. Paul. Il paroît que Pierre fut ſenſible à la
correction & qu'il s'en ſouvint , lorſque , dans
ſa ſeconde Epître , ch. III. 16 , il dit , qu'il
y a dans toutes les lettres de ſon très-cher
frère Paul , des choſes difficiles à entendre.
Saint Jean l'Evangéliſte , qui ne prend que

---

(1) Ep. aux Gal. ch. II. 11.   (Notes XII & XIII à la fin).

le titre de Prêtre, *ancien*, *Sénior*, le seul qui,
dans le chap. 21, rapporte ces paroles de J. C.
à Simon Pierre : *Paissez mes agneaux, paissez
mes brebis* (XIV), est bien éloigné, dans son
Apocalypse (1), d'accorder à Pierre la plus pe-
tite primauté. La grande & haute muraille de
la sainte Jérusalem, dit-il, avoit douze fon-
demens où sont les noms des douze Apôtres
de l'agneau. Ce passage est bien positif contre
la primauté du Pape ; il prouve en outre, ce
me semble, & pour le dire en passant, que le
paissez mes agneaux n'est venu qu'après cet
Evangéliste (XV).

Mais si quelqu'un détruit complétement cette
erreur, c'est l'Apôtre S. Pierre lui-même. Il
dit aux fidèles de cinq ou six Provinces & à
leurs Ministres (2) : « Si vous avez goûté
» combien le Seigneur est doux, en vous appro-
» chant de lui, comme de la pierre vivante
» que les hommes avoient rejettée, entrez
» vous-mêmes dans la structure de l'édifice,
» comme étant des pierres vivantes, pour
» composer une Maison spirituelle, un Sacer-
» doce saint ; car vous êtes la Race élue, les

____

(1) Apocal. ch. XXI. 14.   (2) I. Ep. ch. II. 3 & c. V. 1.
(Notes XIV & XV à la fin).

» Prêtres-Rois, la Nation sainte, en s'adref-
» fant à tous les fidèles » ; *voir le texte grec.*
Dans la même Epître, il dit : « Voici la prière
» que je fais aux Prêtres qui font parmi vous,
» *moi qui fuis Prêtre comme eux :* Paiffez le
» troupeau de Dieu, qui vous eft confié, non
» pour un gain honteux, mais par une cha-
» rité défintéreffée ; non comme dominateurs
» *des Clercs ou Elus,* mais comme exemples
» faits pour le petit troupeau, afin que *le*
» *Prince des Pafleurs* paroiffant, vous rempor-
» tiez une couronne immortelle ». Le fecond
avénement du Chrift étant à la porte, comme
dit l'Ecriture fainte, toute diftinction, toute
primauté auroit été vaine & ridicule.

Ce même Apôtre avoit, dès le commencement, confirmé cette vérité, lorfque, tout-
à-coup rempli du Saint-Efprit (1), il pro-
nonça, en préfence de tous les grands de Jérufalem, ces paroles remarquables : C'eft lui
(Jéfus) qui eft la pierre que vous avez rejetée,
& qui eft devenue la principale pierre de
l'Angle ; il n'y a point de falut par aucun
autre. Cette doctrine de S. Pierre étoit con-
forme à celle du Fils de Dieu, qui difoit à

---

(1) Act. ch. IV. 8.

ſes diſciples : Ne deſirez pas qu'on vous appelle maîtres (1) , parce que vous n'avez qu'un ſeul maître , qui eſt le Chriſt (XVI) , & que vous êtes tous frères (XVII).

Rapprochons de ces paroles de Jéſus-Chriſt la conduite de Grégoire VII , un de ceux qui , affectant plus qu'aucun autre le titre de ſerviteur des ſerviteurs , ſcandaliſèrent encore plus l'Egliſe que ne l'avoit fait un laïc , nommé Conſtantin , élevé ſur le ſiége de Rome en 767 (*). La maxime favorite de Grégoire étoit ce mot de Jérémie : Maudit ſoit celui qui n'enſanglante pas ſon épée. Ce Pape uſoit , vers le milieu du onzième ſiècle , du droit inouï (XVIII) qu'il prétendoit avoir (XIX) de dépoſer les Rois , après les avoir excommuniés ; de diſpoſer des Royaumes , de donner les couronnes , & d'abſoudre les ſujets du ſerment de fidélité. Oh ! Combien il étoit déjà loin des maximes de ces ſimples Evêques de Rome qui , peu de tems auparavant , croyoient ne pouvoir ſe paſſer de l'approbation du Souverain , entre les mains duquel ſe trouvoit cette Ville lors de leur exaltation.

---

(1) Math. c. XXIII. 8.　　(*) Voyez l'Abbé Velly,
(Notes XVI , XVII , XVIII & XIX à la fin).

Selon ce même Grégoire, la royauté est l'ouvrage du Diable, au-lieu que le sacerdoce est
l'ouvrage de Dieu. Le moindre Exorciste, di-
soit-il, est au-dessus des Empereurs, puisqu'il
commande aux démons. Quel orgueil pour le Mi-
nistre d'une Religion de charité, d'humilité,
dont le divin fondateur étoit si pauvre, si dénué
de tout, que les saintes femmes, Marie-Magdeleine, Jeanne, Susanne, & beaucoup d'autres étoient obligées de l'assister de leurs
biens (1) !

Et ne croyez pas, Messieurs, que ces témé-
raires prétentions ne soient la chimère que de
ceux qui s'intituloient orgueilleusement Princes
& colonnes de l'Eglise ; de simples Prêtres vous
disent, sans pudeur, que, dans le sacrifice de
la Messe, ils sont plus puissans que Dieu ;
qu'ils font ce que Dieu ne sauroit faire ; que
la tonsure qu'ils reçoivent & qu'ils nomment
couronne (XX), est au-dessus de celle des Rois.

C'est cependant à l'aide de ces prétentions,
non moins absurdes que ridicules, qu'ils sont
parvenus à en imposer à des femmes crédules
(XXI) & à des hommes légers ; mais l'homme
qui médite & qui cherche sincèrement la vé-

---

lité, parvient aifément à la trouver, & à fe
convaincre que les mœurs des fidèles dépen-
dent toujours de celles des Pafteurs ; que la
Religion elle-même ne peut fe conferver dans
toute fa pureté, qu'autant que les Miniftres
qui, felon S. Paul, doivent être contens quand
ils ont la nourriture & le vêtement, fe con-
forment aux préceptes de l'Evangile ; qu'ils
font doux, affables, fobres, juftes, faints, &
fur-tout qu'ils ne font ni fuperbes ni avares,
felon le même Apôtre (1). Mais que penfer
de ces mêmes Miniftres, & quel bien pouvoient-
ils faire ? Lorfque leur conduite démentoit leur
doctrine au point d'avouer eux - mêmes,
comme je le lis dans un Sermon prononcé en
préfence du Concile de Conftance, un jour de
Pentecôte, que le Diable, au-lieu des fept dons
du Saint-Efprit, avoit verfé dans le cœur de
chaque Eccléfiaftique, les vices oppofés ; lorfqu'on voit, dès le commencement du onzième
fiècle, trois Papes qui rempliffoient en même
tems le Siége de Rome, convenir de vendre
chacun fa part à un Diacre, qu'un Auteur du
tems appelle *un bon Prétre, trés - pieux &*
d'une fainteté reconnue ; que, vers le même
tems, quarante-cinq Evêques s'avouent, dans

______

(1) Ep. à Tite, ch. I. 7. & ch. VI. 8.

un Concile de Lyon, coupables de fimonie ; que, &c. &c. , un million de &c. &c. (XXII).

Les Romains, difoit déjà de fon tems S. Bafile, ont à peine prononcé qu'ils veulent être écoutés dans le filence. Les plus juftes repréfentations font des crimes à leurs yeux.... Si on leur parle avec foumiffion, ils deviennent plus intraitables.... J'ai pris mon parti avec eux ; ils iront leur chemin, j'irai le mien.

Et nous auffi, Meffieurs, nous irons notre chemin fans faire plus de cas des foudres que lanceroit contre notre fainte Conftitution, le Pape mal confeillé, qui voudra, fans doute, comme le grand Lama, défendre la vénération qu'il prétend qu'on doit avoir pour fes ordures facrées ; nous plaindrons les Prêtres non-conformiftes qui, par une lâche complaifance pour des Evêques qui les dédaignoient, voudroient enfanglanter la Patrie qui les nourrit & les protége. Qu'ils font loin, ces enfans dénaturés, de pratiquer cette maxime de S· Paul, que mille fois ils nous ont répétée ! « Si je n'ai » pas la charité, je ne fuis rien ; la charité to- » lère tout, croit tout, efpère tout & fouffre » tout (1) ». Et cependant, n'eft-ce pas pour

____

(Note XXII à la fin).

(1) I. Ep. aux Cor. Ch. XIII. 2 & 7.

arriver

(33)

arriver plus sûrement à leur but criminel ;
qu'avec l'air de la meilleure foi du monde, ils
affectent de citer ce même Apôtre , lorsqu'il dit
à Timothée (1) : Preffez les hommes à tems,
à contre-temps ; fuppliez , reprenez , *menacez* ?
Comme s'il ne leur répondoit pas lui-même ;
Je me fuis rendu ferviteur de tous (2) , pour
gagner à Dieu plus de perfonnes : Oui , je
me fuis fait tout à tous pour les fauver tous ;
car Dieu n'eft point un Dieu de difputé ou de
diffention , mais de paix ; & c'eft ce que j'en-
feigne dans toutes les Eglifes des Saints (3).
Ces Prêtres affectent de citer l'Apôtre S. Jean,
l'ami intime de Jéfus-Chrift , l'homme doux
par excellence , qui ne veut pas qu'on reçoive
dans fa maifon , ni même qu'on falue, celui qui
ne fait pas profeffion de la doctrine de Jéfus-
Chrift (4). Comme fi le Sauveur ne leur répondoit pas : Si vous n'aimez que ceux qui
vous aiment , & fi vous ne faluez que vos
frères , quel mérite voulez-vous avoir ? Les
Publicains & les Payens n'en font-ils pas autant ? Soyez donc vous autres parfaits , comme

---

(1) II. Ep. ch. IV. 2.

(2) I. Ep. aux Cor. ch. IX.
19 , 22.

(3) I. Ep. aux Cor. ch. XIV,
33.

(4) Jean , II. Ep. 10.

C

votre Père célefte eft parfait (1). Comme fi S. Jean lui-même ne leur difoit pas (2) : Si quelqu'un dit j'aime Dieu , & qu'il haïffe fon frère , c'eft un menteur ; car celui qui n'aime pas fon frère qu'il voit , comment peut-il aimer Dieu qu'il ne voit pas ? Ils affectent fur-tout de citer, avec une confiance peu chrétienne , ce que dit l'Apôtre S. Pierre : Il faut plutôt obéir à Dieu qu'aux hommes (3) (XXIII). Mais ce même Apôtre ne leur prêche-t-il pas (4) une obéiffance entiere à toute créature humaine , pour l'amour de Dieu , foit au roi , foit aux Gouverneurs , foit aux maîtres, même durs & fantafques ? car telle eft la volonté de Dieu ; & n'ajoute-t-il pas que Jéfus-Chrift , chargé d'injures , n'a point répondu d'injures ; maltraité , il n'a point fait de menaces ; mais il s'eft livré entre les mains de celui qui le jugeoit injuftement ? Comme fi Jéfus - Chrift ne leur difoit pas : Ne réfiftez point au méchant (5), & pardonnez foixante-dix-fois fept fois (6). Ainfi , ces Prêtres non-conformiftes ne fuivent ni les préceptes de Jéfus-Chrift ni

---

(1) Math. ch. V. 46.

(2) I. Ep. ch. IV. 20.

(3) Act. ch. IV. 19. ch. V. 29.

(4) I. Ep. ch. II. 13.

(5) Math. ch. V. 39.

(6) Math. ch. XVIII. 22.

(Note XXIII à la fin).

ceux des Apôtres ; ne croient point à l'Evangile , & n'ont jamais eu d'autre Dieu que leur
sordide intérêt.

Après ce que j'ai dit sur la primauté , prétendue par les Evêques. de Rome , il semble
qu'il seroit inutile de rien ajouter sur la Confirmation papale ; cependant , permettez-moi ,
Messieurs , de mettre sous vos yeux ce qu'en
dit l'Abbé Velly : Les Papes , selon cet Historien , sous Thierry, Roi de France , vers 534 ,
ne s'étoient pas encore arrogé le droit de confirmer les Evêques dont les Siéges n'étoient
pas dans la Métropole de Rome. On leur envoyoit seulement une confession de foi , & on
leur demandoit leur communion : c'étoit le
seul hommage qu'on rendit alors au Siége de
cette ancienne Capitale du monde. Pendant les
cinq premiers siècles de l'Eglise , les Evêques ,
confirmés par leur métropolitain , n'écrivoient
seulement pas à celui de Rome , pour lui faire
part de leur élévation au Pontificat. Le même
Auteur ajoute , au même endroit , qu'alors nos
Rois conféroient les évêchés , sans attendre la
confirmation de Rome , dont ils n'avoient pas
besoin , ni même les suffrages du peuple. C'est
qu'à la longue , les Rois parviennent toujours
à dépouiller de ses droits tout peuple qui , se

C 2

laissant endormir par une tranquillité perfide, finit à coup sûr par devenir esclave.

Résumons, Messieurs, & disons qu'une réforme étoit indispensable ; qu'elle ne pouvoit s'opérer que par la volonté toute-puissante de la Nation assemblée ; que cette Nation a dû reprendre le droit de choisir ses Pasteurs, puisque le peuple romain lui-même, selon l'Abbé Velly, entr'autres Historiens, avoit toujours élus ses Pontifes jusqu'à Nicolas second, qui ordonna, dans le onzième siècle, qu'ils seroient élus dorénavant par les Cardinaux seuls, quoique précédemment il eût confirmé le droit que les Empereurs avoient d'élire les Papes & d'investir les Evêques (1) ; disons que la Nation a pareillement le droit dont elle usoit autrefois, de circonscrire les Evêchés & les Paroisses (XXIV), de redonner aux Evêques un Conseil composé de Prêtres, puisque le Concile de Cartage, en 338, Canon vingt-troisième, porte que toute Sentence rendue par l'Evêque en l'absence de son Presbytère ou de ses Clercs, est nulle ; de défendre d'envoyer aucun argent à Rome, pour Bulles, &c. , puisque, dans tous

_____

(1) Hénault, premier vol. p. 152, sixième édition.
(Note XXIV à la fin).

les tems, les Conciles eux - mêmes taxent de
simonie ce trafic honteux, & d'impofer enfin
aux Evêques élus le devoir d'écrire au Pape,
non comme chef de l'Eglife par inftitution
divine, mais feulement par la convention de
l'Eglife, felon l'opinion de Boffuet lui-même.
Cependant, il falloit un Chef qui fût le centre
ou point de réunion, & ce centre pouvoit être
ou à Rome, ou à Conftautinople, ou même à
Bethléem.

Telles font, MM. & chers concitoyens, les
autorités que j'ai cru devoir vous préfenter fur
la vocation, la miffion, l'inftitution des premiers difciples de J. C., & fur quelques autres
points. Elles prouvent, ces autorités, d'une
manière victorieufe, que l'Affemblée Nationale, en rappelant, autant du-moins que nos
mœurs le permettent, notre Clergé aux premiers principes, n'a fait que l'œuvre de Dieu.
Elles prouvent que nos Repréfentans, ayant
pris pour bafe de leurs travaux l'égalité civile,
que J. C. eft venu rétablir par fa miffion, dont
le but étoit d'abaiffer les Grands & d'élever les
petits; nous pouvons dire avec vérité que notre
Conftitution eft l'ouvrage de Dieu même. En
effet, fi J. C. ne voyoit que la félicité des petits, des foibles, des opprimés, l'Affemblée

Nationale ne fonge qu'au bonheur du Peuple.
C'eſt à le faire ce bonheur, & à le rendre du-
rable, que tendent tous ſes travaux. Jamais
Loix n'ont été faites par une volonté plus générale, ni reconnues d'une manière plus ſolem-
nelle. Nous ſommes donc obligés d'être ſoumis
à ces Loix, juſqu'à les cimenter de notre ſang
s'il le faut. Oui, nous le devons, nous en avons
fait le ferment pour nous & pour nos enfans,
de génération en génération ; & de ſiècle en
ſiècle, tout François doit avoir pour deviſe :
Vivre libre ou mourir.

N O T E S.

(I) Les véritables Chrétiens ont toujours ſoi-
gneuſement évité de ſe mêler des choſes de
ce monde, par la raiſon, ſouvent alléguée,
que ſa deſtruction étant trop prochaine, il étoit
inutile de s'inquiéter des embarras du ſiècle, &
même de ſe marier. En effet, le Nouveau-
Teſtament fourmille de paſſages ſur l'avènement
du Seigneur. Le plus remarquable eſt celui de
S. Jean, Apocalypſe, ch. XXII. 10, où il re-
çoit l'ordre, de la part de l'Ange, de ne point
ſceller ſa prophétie, parce qu'elle doit s'accom-

plir inceſſamment. C'étoit là règle, que les Prophètes Juifs ne ſcélaſſent point toute prophétie,
dont l'événement étoit proche , ou qui devoit
arriver de leur vivant. Les Apôtres avoient tel-
lement imprimé l'idée que la fin du monde ar-
riveroit avant la mort du dernier d'entr'eux, que
les premiers Chrétiens ont cru long-tems que
S. Jean n'étoit pas mort. L'on voit la ſource
de cette fauſſe tradition , ch. XXI, de ſon évan-
gile : mais, comme dit S. Pierre, II. Ep. c. III,
par rapport au Seigneur , un jour eſt comme
mille ans & mille ans comme un jour. Il ne
retarde donc pas ſa promeſſe, ainſi qu'on le
dit. Il agit patiemment à cauſe de vous , ne
voulant pas que quelques-uns périſſent, mais
que tous reviennent à réſipiſcence. Penſez donc
que ſa longue patience eſt pour votre ſalut.
N'écoutez point les impoſteurs qui viendront
vous dire : Où eſt la promeſſe du Seigneur &
ſon avénement ? Depuis la mort de nos Pères,
toutes choſes demeurent au même état qu'elles
étoient au commencement du monde.

(II) On ne baptiſa d'abord qu'au nom de
Jeſus-Chriſt, par l'ordre de S. Pierre , Act.
ch. X. 48. Les Apôtres , dont aucun ne fut bap-
tiſé , ne prenoient preſque pas la peine de don-

ner le baptême eux-mêmes. Jésus-Chrift n'a jamais baptifé, Jean, ch. IV. 1. Saint Paul, I. Ep. aux Cor. ch· I. 14. 17., rend grace à Dieu de ce qu'il n'a baptifé que deux ou trois perfonnes, ajoutant que le Chrift ne l'a pas envoyé pour baptifer, mais pour prêcher l'Evangile. Le Saint-Efprit defcendoit indiftinctement fur ceux qui n'avoient point reçu le baptême & fur ceux qui l'avoient reçu. Pendant plufieurs fiècles, on abufa fingulièrement de cette fainte cérémonie du Chriftianifme.

(III) Ah ! les Prêtres non-conformiftes ne favent pas non plus quel efprit les poufle. Sans doute, ils ne croyent point à l'Evangile, ni même à Jéfus-Chrift, quand, pour fe venger de la perte des biens que leurs prédécef-feurs *ont volé* aux pauvres, ils travaillent à armer la Nation contre elle-même. Cette ex-preffion eft dure, j'en conviens, & j'ai peine à l'employer ; mais elle eft d'un Prêtre qui s'exprimoit ainfi dans un Sermon prononcé en préfence des Pères de Conftance : « Il fe » trouve quelquefois des gens du commun » peuple qui font des reftitutions édifiantes, » & qui donnent aux pauvres l'équivalent de » ce qu'ils ont volé ; mais pour le Clergé,

» il ne rend jamais rien , malgré le conseil de
» Jésus-Christ ». Des richesses injustement ac-
quises , faites-vous des amis pour le Ciel. Luc,
ch. XVI. 9.

(IV) Saint Pierre n'avoit pas compris le
sens des paroles de J. C. , qui avoit dit à ses
Disciples , quelques heures avant qu'il fût livré
aux Juifs : Vendez votre robe pour avoir une
épée. Ils lui répondirent , Seigneur , nous en
avons deux ici , & Jesus leur dit : C'est assez,
Matt. ch. XXII. 36. 38. Il n'avoit pas compris davantage les paroles du Sauveur , quand
il lui demande s'il ne pardonnera à son frère
que jusqu'à sept fois. Je ne vous dis pas jusqu'à
sept fois , mais jusqu'à soixante-dix fois sept fois ;
expression figurée pour dire , pardonnez toujours , Matt. ch. XVIII. 21. 22. Il ne com-
prit pas mieux , ainsi que les autres disciples ,
ce que vouloit leur faire entendre Jésus-Christ
en leur disant , Matt. ch. X, 21 , 24 , 35 , 36 :
Ne pensez pas que je sois venu apporter la paix
sur la terre : je ne suis pas venu apporter la
paix , mais le glaive ; car je suis venu séparer
l'homme d'avec son père , la fille d'avec sa mère,
& la belle-fille d'avec la belle-mère. L'homme.
aura pour ennemis ses propres domestiques : le

frère livrera le frère à la mort, & le père le
fils ; les enfans se soulèveront contre leurs pères
& mères, & les feront mourir.... Je suis venu
apporter le feu sur la terre, Luc, ch. XII. 49.
Et qu'est-ce que je veux, sinon qu'il s'allume ?
Quelle foule immense de successeurs des Apôtres ont pris ces paroles à la lettre ! Mais la
lettre tue, dit S. Paul, & l'esprit vivifie. II. Ep.
aux Cor. ch. III. 6.

(V) Quand on se rappelle l'histoire des
Prêtres, il est difficile, généralement parlant,
car je rends justice à un grand nombre, de ne
pas convenir que Prêtre & ambitieux font deux
mots parfaitement synonymes. Dans toute Religion, vous les voyez agir, comme les Princes
de la terre ont agi vis-à-vis des peuples ; ils
se font séparés du Corps de-leur Nation pour
faire bande à part, & bientôt ils se font con-
sidérés comme des êtres privilégiés, dont les
intérêts ne devoient plus rien avoir de commun avec ceux des foibles mortels, faits pour
leurs menus plaisirs. Ils ont poussé l'effronterie
jusqu'à les persuader qu'ils doivent prendre plus
d'intérêt à leur salut qu'eux-mêmes, parce que
le zèle de la maison du Seigneur les dévore.
Oui, bien des richesses que procure le service

de cette Maison ; car, s'ils veulent nous fauver malgré nous, c'eft pour fauver & même augmenter leurs revenus. Ils favent par expérience que ceux qui ne fe piquent pas d'aller en Paradis de force, ne leur font pas d'un grand rapport. Voilà le mot de l'énigme. Ambitieux comme hommes, ils le font bien davantage, comme fe portant pour défenfeurs des droits de la divinité, & quoique la divinité & fes droits foient inexplicables, ils ne laiffent pas de tout expliquer à leur fantaifie, & de nous donner leurs belles imaginations comme des vérités éternelles. Nous, Meffieurs, tenons-nous-en à la feule Ecriture fainte, & ne voyons dans les Prêtres, que des frères, que de fimples fonctionnaires qui doivent faire corps avec le refte de l'Eglife.

(VI) Si quelque Eglife devoit difputer de primauté & l'emporter à jufte titre, c'étoit inconteftablement celle de Jérufalem, la mère de toutes. Mais comme Rome étoit la capitale du monde, que toutes les affaires s'y traitoient, & que fes habitans, même étrangers comme les Juifs, étoient orgueilleux au fuprême degré, le petit pafteur du petit troupeau chrétien, auquel les Chrétiens des Pro-

vinces, qui venoient à Rome pour leurs affaires civiles ou de commerce, s'adreſſoient
pour les ſecrets de la Religion, ſe crut bientôt
un grand perſonnage, & s'imagina avoir des
droits ſur ſes confrères. L'eſprit de domination
au temporel qui ſe prend avec tant de rapi-
dité & de force, n'eſt rien en comparaiſon de
l'eſprit de domination au ſpirituel.

(VII) Dans un Mémoire préſenté au Concile de Conſtance, le cardinal de Saint-Marc,
dont le but étoit de prouver que les Docteurs,
les Curés, les Prêtres, & les autres Eccléſiaſtiques inférieurs, que le Pape Jean 23 vouloit
en faire exclure, devoient y être admis, s'exprime ainſi : L'Evêque & le Prêtre ont, ſelon
S. Paul, le même caractère & la même dignité,
& le Pape lui-même n'eſt que le premier entre
les Prêtres. La raiſon, c'eſt que ce Pape, qui
prévoyoit qu'on ſongeoit à le dépoſer, redou-
toit le jugement des gens de bien, & que le
Cardinal avec beaucoup d'autres, vouloient
s'appuyer de leur ſuffrage.

(VIII) Les Evêques de Rome, en qualité
de Métropolitains, confirmoient les Evêques
dans les Provinces ſuburbicaires, c'eſt-à-dire,

telles qui fe trouvoient, en tout ou en partie, dans le Département du Préfet de Rome, dont la Jurifdiction s'étendoit à cent mille pas autour de cette capitale du monde. Par la fuite, ils s'ar-rogèrent le droit de confirmer ceux des Pro-vinces qui formoient le Département du Préfet d'Italie. Le fuccès les enhardit au point que, par le quatrième Canon du Concile général de l'an 1274, il eft défendu aux Evêques nou-vellement élus, d'exercer aucunes fonctions fpirituelles ou temporelles, avant d'avoir ob-tenu des provifions apoftoliques, fuivant l'an-cien ufage, y eft-il dit; & cependant cet ufage qualifié d'ancien, ne remontoit qu'au Pape Innocent III, qui en avoit été l'inventeur foixante ans auparavant. *Art de vérifier les Dates*, premier volume, page 200, dernière édition.

(IX) Il me femble que les fucceffeurs de S. Paul qui, felon lui-même, II. Ep. aux Cor. ch. X, XI & XII, a plus fait feul pour le Chriftianifme, auroient eu plus de titres à cette primauté, que, d'un autre côté, J. C. détruit en deux mots : Si votre frère, qui a péché contre vous, ne vous écoute pas, prenez deux ou trois témoins; s'il ne les écoute pas

non plus, dites-le à l'Eglise.... Matt. ch. XVIII.
15, 16, 17. Il ne dit pas de s'adreſſer à Pierre.
Eh! Meſſieurs, comment l'auroit-il dit ? Il ne
veut pas même qu'on s'adreſſe à lui.

(X.) Saint Jean, qui paroît avoir pris plaiſir
à raconter pluſieurs choſes en faveur de
S. Pierre, dit ſeulement, ch. I. 42 de ſon
Evangile : Tu es Simon, fils de Jean, tu ſeras
appelé *Céphas, ce qui eſt interprété Pierre*
or, il eſt évident que ces dernières paroles ne
ſont ni de Jéſus–Chriſt, ni de S. Jean, mais
d'un copiſte ignorant qui, les trouvant à la
marge, les aura fait paſſer dans le texte. Le
ſavant Daillé donne un grand nombre d'exemples des bévues des copiſtes ou de leur mau-
vaiſe-foi, & l'infatigable Millius n'a-trouvé ſur
le Nouveau – Teſtament que trente mille va-
riantes. Auſſi des gens fort inſtruits & pleins
de religion, avouent, contre le ſentiment des
Papiſtes, que tout n'eſt pas inſpiré dans l'Evangile, l'Eſprit – Saint ne pouvant ſouffler le
froid & le chaud, dire le pour & le contre, le
oui ou le non dans le même fait. Act. ch. IX.
7. ch. XXII. v. 9.

(XI) Je dis prétendus, car il eſt loin d'être
démontré que S. Pierre ſoit jamais venu à Rome

& qu'il en ait été Evêque. Un Historien, pour être exact, ne se contente pas d'une tradition populaire, & malheureusement tout fut d'abord tradition orale. Jésus - Christ n'a jamais rien écrit ; les Apôtres n'ónt rien écrit, & la preuve évidente : c'est que S. Jude, frère de Jacques, qui visiblement a écrit sa lettre catholique après la mort des Apôtres, c'est-à-dire, environ l'an 98 de Jésus - Christ que mourut S. Jean, le dernier de tous, dit positivement, verset 3 de cette lettre : « Mes bien-aimés, je suis obligé » de vous écrire aujourd'hui pour vous con— » jurer de combattre pour la foi, qui a été une » fois laissée par tradition aux Saints ». Le mot grec signifie tradition orale. Il n'auroit pas parlé de la sorte s'il eût existé quelque chose d'écrit. Il en est de même du verset 15, ch. XXVIII, Evangile S. Mathieu, au sujet du bruit répandu que les Disciples de J. C. avoient, pendant la nuit, enlevé son corps, bruit qui dure encore aujourd'hui parmi les Juifs. On ne s'exprime ainsi que quand les choses se sont passées depuis bien des années. Au reste, les véritables auteurs sont des Grecs, d'entre les jeunes Platoniciens du second siècle, qui, sachant peu le Caldaïque, ont cité de travers presque tous les passages tirés de l'An-cien-Testament, & confondus bien des faits.

(XII) Marcher felon l'Evangile , étoit manger & boire tout ce que l'on préfentoit fur la table , & chez toute efpèce de gens quelconques , Pharifiens , Scribes , Saducéens , juftes , pécheurs , publicains , lépreux , femmes de mauvaife vie , Juifs , Gentils , tout devoit être bon aux Apôtres d'après les préceptes de Jéfus-Chrift.

(XIII) Au commencement , les deux Religions Juive & Chrétienne fe confondoient. Jéfus-Chrift étoit venu accomplir & non détruire. Long - temps les premiers Chrétiens ne furent confidérés que comme Juifs , feulement plus fanatiques que les autres. Avons - nous dégénérés de nos Pères ? Hélas !

(XIV) Par agneau , Jéfus-Chrift entendoit , dit-on , les fidèles ; & par brebis , il défignoit les Pafteurs. De manière qu'ici le ferviteur eft plus que le maître , puifque le Sauveur ne prend que le titre d'agneau. Convenons qu'il eft étonnant qu'on foit parvenu à fe faire un titre avec de pareilles fubtilités.

(XV) L'Evangile de S. Jean paroît parfaitement achevé à la fin du chapitre vingtième. Le vingt-unième ne fe trouve point dans plufieurs manufcrits. Auffi des Auteurs graves

difent

difent qu'il a été ajouté , ainfi que les cinq derniers verfets du ch. XXVIII de S. Mathieu.
En effet , felon S. Luc , ch. XXIV. 49, J. C.
ordonne à fes Difciples de refter à Jérufalem ,
au‑lieu d'aller en Galilée fur une montagne
qu'il leur avoit défignée , d'où il s'éleve au Ciel
comme le rapporte Mathieu ; & , d'après le
même S. Luc, c'eft près de Béthanie , aux portes
de Jérufalem , qu'il fut enlevé. L'addition eft
donc vifible.

(XVI) C'étoit le fentiment de l'Univerfité
de Paris au commencement du quinzième
fiècle , comme on le voit par le Traité où
Gerfon fon Chancelier , prouve qu'on peut re-
trancher le Pape de l'Eglife ; & , par un autre
Traité, où le même Auteur pofe pour principe
que tout homme peut fe fauver dans l'Eglife
univerfelle , quand même il n'y auroit point
de Pape au monde ; que c'eft dans cette feule
Eglife qu'eft fondée la Foi de J. C., & que c'eft
à elle que le pouvoir de lier & de délier a été
donné , comme on le voit clairement en
S. Mathieu, ch. XVIII. 18 , où Jéfus parle à
tous fes Difciples.

(XVII) On voit par‑là que Jéfus‑Chrift a
établi une égalité parfaite entre fes Difciples,

Son commandement eſt qu'ils ne s'attribueront aucune juriſdiction l'un ſur l'autre , & qu'ils ne reconnoîtront d'autre maître que lui-même. C'eſt donc une préſomption orgueilleuſe, dans quelques-uns d'eux , de réclamer un droit de ſupériorité ou de prééminence ſur leurs frères.

(XVIII) C'eſt une remarque ſingulière que le droit de diſpoſer des Royaumes , que Grégoire VII , & beaucoup d'autres Papes de cette trempe , ſe ſont arrogé ; c'eſt le même que le Diable diſoit lui appartenir, lorſqu'il offroit à Jéſus-Chriſt , s'il vouloit l'adorer, de lui donner tous les Empires de l'univers. Le Sauveur refuſa avec indignation , & chaſſa le malin eſprit ; mais les Papes, moins difficiles, ont accepté. En conſéquence , Céleſtin III , au couronnement de Henri VI , étoit ſur un échafaud & aſſis , & l'Empereur étoit en bas & à genoux. Céleſtin pouſſa du pied la couronne à terre. Les Cardinaux, l'ayant reçue entre leurs mains , la poſèrent ſur la tête de Henri. Ah ! Simon ! Simon ! malgré la prière de Jéſus-Chriſt , afin que votre foi ne défaille point, Satan n'a pas laiſſé de vous cribler , comme on crible le froment. Luc, ch. XXII. 31. Ou , ſi ce n'eſt pas vous , ce ſont vos ſuc-

cesseurs. En effet, les Papes ont voulu se faire
adorer, se sont fait adorer réellement : un
d'entre eux a poussé la folie jusqu'à déclarer
qu'il étoit Dieu ; & pourquoi pas, puisqu'ils se
disent infaillibles ?

(XIX) Cette prétention de déposer les Rois
n'étoit pas nouvelle, puisqu'un grand nombre
d'Evêques de France avoient déjà fait enfer-
mer Louis-le-Débonnaire dans un cloître,
pour y vivre en pénitence ; parce qu'ils ne lui
pardonnoient pas d'avoir entrepris de réformer
le Corps épiscopal : puisqu'au Concile de Sa-
vonières, ils s'étoient encore unis pour corriger les Rois, les grands Seigneurs du Royaume François, & les Peuples dont ils étoient
chargés.

(XX) Il s'éleva une violente contestation
entre les Pères du Concile de Constance, en
1415, pour savoir s'il falloit employer le ra-
soir ou seulement les ciseaux, pour ôter les
marques de tonsure à Jean Hus, qu'ils alloient
faire brûler, pour s'être élevé contre les abus
du Clergé ; pendant qu'ils laissoient vivre le
Pape Jean XXIII, déposé par eux, comme
convaincu de soixante-dix chefs d'accusation,

dont il n'en fut lu que cinquante dans la Ses-
sion générale ; les vingt autres, ayant été sup-
primés pour l'honneur du Siége apostolique &
des Cardinaux. Histoire de ce Concile, par
J. Lenfant.

(XXI) Les femmes ont toujours joué le premier & le plus grand rôle dans tout établisse-
ment de Religions & de Sectes. Jésus-Christ
est constamment suivi, nourri par de saintes
Femmes ; de saintes Femmes lui baisent & lui
parfument les pieds. Les adultères, les péche-
resses font sa compagnie. Les saintes Femmes
l'accompagnent jusqu'au pied de la croix, tandis que les Disciples se tiennent au loin. C'est
à Marie-Magdeleine & aux saintes Femmes
qu'il apparoît d'abord ; parce qu'elles seules ont
le courage d'aller de grand matin au sépulcre.
A l'exemple de Jésus-Christ, ses Apôtres, ses
frères & Céphas menoient par-tout des femmes
avec eux ; S. Paul le dit aux Corinthiens,
première Epitre, ch. IX, pour se défendre de
ce qu'ils l'accusoient d'en agir ainsi : Comme
si Barnabé & lui devoient faire la guerre à
leurs dépens, planter une vigne sans manger
du fruit, paître un troupeau & n'en point
manger du lait ; mais il prévient qu'il traitoit
une pareille femme comme une sœur.

(XXII) Une semblable dépravation doit-elle nous surprendre ? Non. Celle qui exiſtoit dans le Clergé de nos jours, doit-elle nous ſurprendre ? Non. En reſpectant ce qui eſt ſacré, oſons dire la vérité juſqu'au bout. Nous voyons, en effet, dans l'Evangile que les Diſciples de Jéſus-Chriſt, avant d'avoir reçu le Saint-Eſprit, ſont diamétralement oppoſés à ſes principes. Jéſus-Chriſt eſt humble; ſes Apôtres ſont orgueilleux, entêtés, durs de cœur : il eſt doux, eux très-ſévères; Jéſus-Chriſt eſt tolérant, & ils ſont perſécuteurs; il veut l'égalité, & eux demandent des diſtinctions. L'un eſt un voleur & un traître; l'autre un renégat, un aſſaſſin; celui-ci obſtiné dans ſon incrédulité; celui-là envieux, vindicatif; tous enfin méritant ce reproche que leur fait J. C. O race incrédule & dépravée! juſques à quand ſerai-je avec vous? juſques à quand vous ſouffrirai-je ? Math. ch. XVII. 16. Si donc, ſous les yeux de J. C. même, telle eſt la perverſité des premiers Miniſtres de notre ſainte Religion, jugez de celle de leurs ſucceſſeurs dans une ſi longue ſuite d'années. Au reſte, c'eſt celle des hommes en général; perverſité ſi opiniâtre que Dieu lui-même a renoncé à les corriger : Non, je ne maudirai plus la terre à

cauſe des hommes , car le ſentiment & la pen—
ſée du cœur humain ſont enclins au mal dès
ſon enfance ; ainſi donc , je ne détruirai plus
toute ame vivante , comme j'ai fait. Pendant tous
les jours de la terre , les ſemailles & la moiſſon ,
le froid & le chaud , l'été & l'hiver , la nuit
& le jour , ne ſe repoſeront point. Genèſe ,
ch. VII. 21 , 22. Voyez , chap. VI , 5. 6 ,
comme Dieu ſe repentit d'avoir fait l'homme
à ſon image & reſſemblance.

(XXIII) Il faut voir le texte grec dans les deux
paſſages cités : Les mots veulent dire ; l'un ,
écouter ; l'autre une obéiſſance de perſuaſion.
Au reſte , quelle ſeroit la règle juſte & pré—
ciſe pour n'être pas au-delà ou en-deçà de ce
précepte délicat & flottant ſelon la mobilité
de la conſcience & ſelon l'explication des miniſtres , qui ne peut pas être infaillible ? Cependant , pour obéir à Dieu , il faudroit ſavoir
au juſte ce qu'il ordonne & ce qu'il n'ordonne
pas ; & nous ne pouvons le ſavoir que par des
hommes ſouvent intéreſſés à nous tromper , ou
par des livres compoſés par d'autres hommes ,
dont il eſt impoſſible d'être ſûr , puiſqu'ils ſe
ſont trompés , grand nombre de fois , dans
leurs écrits , & par rapport aux faits , & par
rapport à des matières plus eſſentielles.

(XXIV) Comment a-t-on pu pousser l'absur-
dité jusqu'au point de dire, à la fin du dix-
huitième siècle, qu'une Nation chrétienne ne
pouvoit rien flatuer, rien décider sur la disci-
pline de sa Religion, lorsqu'elle a le droit,
soit individuellement, soit collectivement, de
changer de Religion quand elle voudra ? Mais
on devoit tout attendre du faux zèle & de
l'amour du despotisme théocratique. Les Pa-
pistes n'ont jamais été & ne sont encore que
les fauteurs de la domination la plus absolue.
Aussi les femmes composent-elles aujourd'hui,
en grande partie, cette secte, dont l'orgueil,
gradué, à partir du Choriste jusqu'au Pape,
qui croit représenter Dieu, a été la cause, depuis le commencement jusqu'à nos jours, des
maux sans nombre, qui ont accablé le Chris-
tianisme, cette Religion sublime d'un Dieu qui
daigne faire naître & mourir Dieu, pour ap-
paiser Dieu & sauver tous les hommes. *Amen.*

ERRATA.

Page 6., *ligne* 16, au lieu de convocation, *lisez* vocation.

Page 13, *ligne* 23, au lieu de *de*, *lisez* des.

Page 32, *ligne* 24, au lieu de crioit, *lisez* croit.